SAINTE

MARIE-MADELEINE

EN PROVENCE

POÉME

Par M. l'abbé Alphonse BENOIT

VICAIRE A MARSEILLE.

> Si Marie-Madeleine n'a pas
> besoin d'être louée par une autre
> bouche que celle de Dieu, nous
> pouvons mettre notre joie à faire
> ce qui lui est inutile, et à lui of-
> frir un encens qui retourne à no-
> tre cœur comme une bénédiction.
>
> (LACORDAIRE.)

———— ∞∞•⋉•∞∞ ————

MARSEILLE

IMPRIMERIE & LITHOGRAPHIE Ve P. CHAUFFARD

RUE DES FEUILLANTS, 20.

—

MDCCCLXV.

Y+

SAINTE

MARIE-MADELEINE

EN PROVENCE.

SAINTE

MARIE-MADELEINE

EN PROVENCE

POÈME

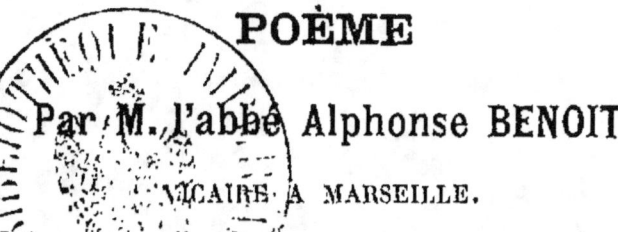

Par M. l'abbé Alphonse BENOIT

VICAIRE A MARSEILLE.

> Si Marie-Madeleine n'a pas
> besoin d'être louée par une autre
> bouche que celle de Dieu, nous
> pouvôns mettre notre joie à faire
> ce qui lui est inutile, et à lui of-
> frir un encens qui rétourne à no-
> tre cœur comme une bénédiction.
>
> (LACORDAIRE.)

MARSEILLE

IMPRIMERIE & LITHOGRAPHIE Vᵉ P. CHAUFFARD

RUE DES FEUILLANTS, 20.

MDCCCLXV.

1865

AU R. P. LACORDAIRE.

————

A toi, réparateur de la sainte éloquence,
Inspirateur puissant,
A toi, restaurateur des Saints-Lieux de Provence,
Ce modeste présent.
Ce n'est, si tu le veux, qu'une amphore fragile
Digne de ton mépris,
Un vase que ma main façonna dans l'argile,
Vase sans aucun prix
Mais d'un parfum bien doux l'urne modeste est pleine:
Son odeur te plaira.
Ce parfum c'est un nom. Chantre de Madeleine !
Ce nom te suffira.

PRÉFACE.

Ce poème est une œuvre déjà ancienne que je croyais ne devoir jamais publier. C'est une fleur cueillie autrefois en l'honneur de Sainte Marie-Madeleine que je tenais cachée à l'écart, loin du jour. A notre époque on a tant abusé de la poésie : le talent et le génie l'ont si indignement prostituée à toutes sortes d'objets frivoles ou méprisables, que l'homme sérieux peut hésiter à bon droit avant d'avouer qu'il aime à cultiver cet art. —Mais pourquoi donc viens-je faire aujourd'hui cet aveu?— Ah! c'est que j'ai senti le

cœur de la Provence battre plus vivement
que jamais et à l'unisson du mien, au nom
de Sainte-Marie-Madeleine. En présence de
cet ébranlement général, de ce zèle toujours
croissant, de cet enthousiasme toujours plus
vif qui précipite les peuples vers les Saints-
Lieux de Provence et qui rappelle l'empressement des siècles passés, je n'ai pu résister
davantage. Il m'a semblé que ce poème pourrait seconder peut-être en quelque chose ce
pieux retour aux traditions de nos pères.
S'il en était ainsi, loin de me repentir de l'a-
voir publié, je n'aurais qu'à me féliciter de
l'avoir entrepris.

D'ailleurs, si j'ai suivi, ou peu s'en faut,
le précepte d'Horace, qui recommande aux
poètes de garder leurs ouvrages pendant
neuf ans sans les publier : *Nonumque pre-
matur in annum*, je ne m'en repens pas.

En effet, si j'avais publié cet opuscule lorsque je l'ai composé, je l'aurais fait précéder d'une longue préface dans laquelle j'aurais parlé, avec quelques détails, de Ste-Marie-Madeleine. Je me serais étendu sur sa vie, sur ses grandeurs, sur sa gloire, sur son séjour en Provence, sur les lieux qu'elle y habita, sur le culte particulier dont on l'y honore, sur les traditions qui autorisent ce culte, sur les preuves et les monuments qui, appuyés de ces traditions et les appuyant à leur tour, leur donnent et en reçoivent une si imposante autorité.

Voilà ce que j'aurais fait, si j'avais publié cet ouvrage quand je l'ai composé. Eh bien ! il est fort heureux que je ne l'aie pas publié alors; car ce que j'aurais fait, je ne le ferai pas.

Je ne le ferai pas, parce que cela a été fait par un autre que moi, plus grand que moi, qui l'a fait bien mieux, je ne dis pas que je

pouvais le faire, mais que je pouvais le con-
cevoir.

En effet, depuis lors, pour le plus grand
honneur de notre bien-aimée Sainte et de la
Provence, le grand orateur chrétien que la
Religion et l'Éloquence pleurent encore, le
P. Lacordaire a publié son livre sur Sainte-
Marie-Madeleine. Ce livre, dès son apparition, a fait tomber la plume des mains de
ceux qui avaient entrepris le même travail.
Dieu en soit loué! Qu'importe le nom de
l'ouvrier, pourvu que l'œuvre se fasse et
qu'elle se fasse bien surtout?

Avant le P. Lacordaire, un homme d'un
grand mérite, M. l'abbé Faillon, avait élevé
dans un autre genre un autre monument à
Sainte-Marie-Madeleine.

Les deux derniers siècles avaient jeté des
ombres sur le culte que la Provence rend de
temps immémorial aux saints qui l'ont évan-

gélisée. Ils nous avaient légué des doutes au
sujet de l'apostolat de Ste-Marie-Madeleine
et de ses immortels compagnons dans notre
pays. On contestait à nos Eglises l'honneur
d'avoir été fondées par cette illustre famille
de Béthanie, dont tous les membres, jusqu'aux simples domestiques, avaient été
comptés au nombre des amis du Sauveur, et
dont quelques-uns en particulier lui avaient
été si chers. Au 17ᵉ siècle, le docteur Launoy
avait publié dans ce sens un livre qui avait
fait du bruit. Cette opinion, singulière d'abord,
comme toute nouveauté, avait pris avec le
temps un certain crédit. Mais, de nos jours,
M. Faillon est venu. Il a porté le flambeau
de la critique sur les ombres amoncelées
pendant deux siècles. Les ombres se sont
évanouies : la lumière s'est faite. Aujour-
d'hui, le doute est impossible, et la Provence
demeure, avec ses souvenirs et ses gloires

intactes, la terre privilégiée, qui s'honore à juste titre, de posséder, comme l'a si bien dit le P. Lacordaire, le troisième tombeau du monde.

Aujourd'hui, quoique après si peu d'années l'ouvrage de M. Faillon n'a plus la même utilité. Cet ouvrage a été si bien fait, qu'il s'est rendu pour ainsi dire, lui-même inutile. L'auteur, en le publiant, s'était proposé de dissiper des doutes, de combattre une opinion. Depuis qu'il a paru, il n'y a plus de doutes, il n'y a plus d'opinion contraire. Mais si ce livre ne sert plus à cette fin, il restera toujours comme modèle d'un ouvrage d'inquisition complet et parfait. Il n'y a qu'à jeter un coup d'œil sur la table des *Monuments inédits sur l'Apostolat de Ste-Marie-Magdeleine, etc, en Provence*, pour avoir tout de suite l'idée d'un grand ouvrage et d'un fort esprit. Dans ce temps de hâte et de précipitation, l'apparition d'un tel

livre est un prodige. On n'en avait point vu
de pareil depuis les anciens Bénédictins. En
un mot, ce livre est pour la science et pour
la critique ce que l'ouvrage du P. Lacordaire
est pour l'âme et pour le style. Après eux, la
prose semble en quelque sorte n'avoir plus
rien à dire.

Revenons à la poésie.

Je me suis particulièrement attaché à deux
choses dans mon poème : à être exact dans
les descriptions ; et à ne contredire en rien
la tradition provençale. Les détails poétiques
que j'ai cru pouvoir ajouter sont insigni-
fiants pour le fond même des choses. D'ailleurs, j'ai eu soin d'indiquer dans les notes
tout ce qui est généralement admis par la
tradition.

J'avais dédié cet ouvrage au P. Lacordaire,
lorsqu'il vivait encore, et le grand orateur
avait daigné accepter cette humble offrande.

Quoiqu'il ne soit plus de ce monde, je n'ai
pas voulu me frustrer de l'honneur qu'il m'a-
vait fait de laisser abriter mon nom sous
le sien. En même temps donc, que je consa-
cre cet ouvrage tout entier à la gloire de notre auguste et bien-aimée Ste-Marie-Madeleine, je le dépose avec respect sur la tombe
de son éloquent panégyriste, comme un triple
hommage de reconnaissance, d'admiration et
de douleur.

SAINTE MARIE-MADELEINE

EN PROVENCE.

> Si Marie-Madeleine n'a pas besoin
> d'être louée par une autre bouche que
> celle de Dieu, nous pouvons mettre
> notre joie à faire ce qui lui est inutile
> et à lui offrir un encens qui retourne
> à notre cœur comme une bénédiction.
>
> (LACORDAIRE.)

Je chante Madeleine et la grotte fameuse
Qu'habita cette femme entre toutes heureuse
Quand, d'un peuple en fureur déjouant les complots
Le ciel l'eut arrachée à la fureur des flots.
Le ciel la conduisait aux doux champs de Provence
Afin qu'elle y portât la divine semence,
Qu'elle y montrât d'amour les célestes chemins
Et du pouvoir des pleurs instruisit les humains.
   Archange aux ailes d'or, à la blanche auréole,
Qui des prophètes saints qu'enivrait ta parole,
Inspirais les accents et dessillais les yeux,
A ma voix, à mon luth accorde un chant pieux !

Viens ! de ton souffle ardent, viens embraser mon
[âme !

Et toi, qui dans les cieux de l'ardeur qui t'enflamme
Près de ton bien-aimé, savoures la douceur,
Amante de Jésus, s'il est vrai que mon cœur
S'émeut au seul penser de ton âme si tendre ,
Et des ruisseaux de pleurs que l'on te vit répandre
Lorsque le Dieu d'amour s'immolait devant toi ;
Si j'admire, joyeux, le trône que ton Roi
T'a préparé, d'or pur et ta blanche couronne ,
Madeleine, souris au dessein qui m'étonne,
Et guide jusqu'à toi mon vol audacieux !

I.

Sur ces bords fortunés, où, d'un œil radieux,
Le soleil, chaque jour, contemple avec surprise,
La fille de Phocée au seuil des mers assise,
Au sein même des flots, s'élève un mont ardu.
Il est haut, il est fier. De son front chauve et nu
Rien n'adoucit l'orgueil et la rudesse austère,
Ni ceps chargés de fruits, doux présent de la terre,
Ni prés verts, ni forêts au feuillage ondoyant.
De la mer qui le baigne, il court à l'Orient,
Et s'éloigne et grandit, mais toujours plus sauvage.
Suivez-le jusqu'au champ de gloire et de carnage,

Où le Teuton farouche autrefois abattu

Engraissa les sillons de son sang répandu.

En face de Pourrière et de Sainte-Victoire,

Vieux noms, vieux monuments de cette vieille
[gloire,

Arrêtez-vous. De là, du sommet de ce mont,

Jusqu'aux champs que Ventoux domine de son front,

Jusqu'aux géants Alpins, dont la cime chenue,

Blanchit à l'horizon et se perd dans la nue,

Jusqu'à la blanche Hyère aux si tièdes hivers,

Jusqu'aux bords où le Rhône au sein des vastes mers,

Semble à regret verser le tribut de ses ondes,

L'œil embrasse à la fois les campagnes fécondes,

Et les monts, et flots, et les hameaux joyeux,

Et tout ce qui s'étend sous la voûte des cieux.

C'est là le Saint-Pilon. Jadis, affreux repaire,

Là, rodait chaque nuit la louve sanguinaire :

Là, s'entendait le cri des louveteaux hurlants :

Là, régnait l'ours terrible, à l'œil glauque, aux pas
(lents .

Là, nichait le vautour : là, gisait le reptile

Qui darde, menaçant, une langue mobile.

Souvent même, des loups surpassant la fureur,

L'homme aveugle et cruel, en ces lieux pleins d'hor-
[reur,

Osa, pour expier des crimes par des crimes,

Dresser d'affreux autels, et choisir, pour victimes,

Des hommes comme lui, formés d'un même sang,

Pétris de même chair et nés d'un même flanc !

Horreur !... Mais Dieu veillait. Vers ces cruelles
plages

Devaient être portés dans la suite des âges

Des Grecs et des Romains les fils aventureux.

Les uns, nobles vaincus, ont fui leur ciel heureux,

Les doux champs de Phocée et la molle Ionie,

Plutôt que de subir un joug d'ignominie,

Les fers de l'étranger et le joug des tyrans.

Les autres y viendront, superbes conquérants,

Chercher delà les monts des amis trop fidèles,

Et de nouveaux combats, et des guerres nouvelles,

Et de fiers ennemis à soumettre à leurs lois.

Massilie était née, et sur le sol Gaulois

Grandissait forte et belle en la fleur de son âge.

Tel un plan fructueux sur un vieux tronc sauvage,

Important avec lui sa féconde vertu,

Etale aux yeux surpris son feuillage inconnu

Et de ses fruits naissants les heureuses prémices.

Alors naissent enfin sous des Dieux plus propices,

De moins barbares lois et de plus douces mœurs.

Plus de géants en feu : plus d'horribles clameurs.

La tourbe des captifs dans sa prison ardente

Ne sent plus pénétrer la flamme dévorante,

Et de l'affreux Hésus les autels méprisés

Du sang des malheureux ne sont plus arrosés.

Gloire à Dieu ! Mais, hélas ! sous la main qui l'oppri-
                                                    [me,

S'agite vainement cette triste victime.

Dans la lutte inégale où s'use sa vigueur

L'homme, l'homme succombe, et le mal est vain-
                                                    [queur.

Teulatès a cédé ; mais, pour l'Olympe infâme

Et pour ses dieux impurs pétillera la flamme.

Pour eux, l'encens dans l'air répandra ses odeurs,

Et les bois connaîtront de ces dieux corrupteurs

Les mystères honteux et les fêtes coupables.

Que dis-je ? O Massilie ! ils n'étaient pas capables

Ces Grecs et ces Gaulois, les mobiles enfants,
De maîtriser leurs cœurs, de dompter leurs penchants.
Ou pervers à l'excès, ou bons, mais sans mesure,
Leur lèvre ne pouvait de cette coupe impure
Effleurer seulement les bords empoisonnés.
D'ailleurs riches, puissants, de gloire couronnés,
Heureux, tant de succès énerva leur courage,
Et le jour vint, ô honte ! où pour dernier outrage
A la face des cieux, par la voix des acteurs,
Le poète disait, Massilie et ses mœurs,
Comme l'on dit Sodome et les mœurs de Gomorrhe.
Le crime infectait l'air, et l'on put craindre encore
Que la flamme du ciel ne tombât sur ces murs,
Ou que, couvrant le sol de leurs débris impurs,
Quelque nouveau Cyrus de cette Babylone
Ne brisât sans pitié glaive, sceptre, couronne.
Ainsi tomba Carthage et la superbe Tyr.
   Mais un jour, sur les flots, guidé par le zéphir,
Qui, retenant son vol et sa timide haleine,
Rasait l'onde aplanie et la ridait à peine,
Vers la terre un esquif lentement s'avançait.
Il s'avançait tranquille, et le flot caressait,

Et ses flancs arrondis, et sa poupe inactive.
Car, pour guider son vol à la prochaine rive,
Un pesant gouvernail ne fendait pas les eaux.
Aucun bras n'agitait la rame, aux coups égaux,
Qui, tour à tour, se plonge, et s'élève, et replonge.
Point d'agrès, point de mat, qui vers les cieux
                          s'allonge,
Nulle voile aux zéphirs abandonnant ses plis.
Mais, sur le frêle esquif, que berce un doux roulis,
La mer semblait veiller, comme veille, craintive,
Sur son enfant qui dort, une mère attentive :
Et l'on eut dit, à voir, fière de son fardeau,
La vague, qui s'enflait sous le frêle bateau ,
Qu'elle ne le rendait qu'à regret à la terre.
    Salut! trois fois salut! heureuse messagère!
Salut! Ah! soient bénis, le flot qui t'apporta,
L'Ange qui t'a conduit, le vent qui te guida!
Viens, touche, hâte-toi! la terre qui t'envie!
Ici régnait la mort ; tes flancs portent la vie.
La nuit, la sombre nuit planait sur ce séjour :
Laisse, du vrai soleil, qui naquit de l'amour,
Sur nos têtes jaillir le trait qui nous éclaire.
Des discours que le Ciel fit entendre à la terre

Ah ! laisse répéter les suaves accents,

Et de l'ami d'un Dieu connaître les présents.

Hâte-toi ! Viens ici. Nef à jamais fameuse !

Les siècles chanteront ta course aventureuse

Et le jour fortuné qui te vit sur nos bords.

    Ils descendent. Oh ! viens, Ange des saints trans-
ports !

Mes chants vont s'agrandir : réchauffe mon génie,

Et qu'à flots, de mon luth ruisselle l'harmonie.

II.

Le premier, dont le pas sur le sol imprimé,
O merveille ! en touchant le sol inanimé,
Le sentit tressaillir de joie et d'allégresse,
Ce fut toi, Maximin. Ton ardente jeunesse,
De tes saints compagnons devançant la lenteur,
Dans l'onde, en cet endroit calme et sans profon-
                                                    [deur,
S'était précipitée, et, courant au rivage,
Vaillamment tu poussais le bateau vers la plage.
Bientôt sa quille y touche, et le sable mouvant
S'entrouvre. Il t'a reçu joyeux et triomphant.
  Après lui, Salomé descendit la première,
Salomé, de ses fils mère jadis si fière,

Quand Jésus, devant eux, dans un nuage d'or,

Des rayons de sa gloire inondait le Thabor,

Et que, d'un œil mortel, dans une chair mortelle,

De sa beauté suprême, incrée, éternelle,

Ils pouvaient contempler l'ineffable splendeur.

  De la mère de Dieu la noble et jeune sœur,

Jacobé la suivit; puis Marthe et Madeleine,

Dont l'œil silencieux sur cette mer lointaine

Jetait vers l'Orient un triste et long regard..

Puis Marcelle et Sidoine. Auguste et saint vieillard,

A qui le Dieu-Sauveur cloué sur le Calvaire

Dut la paix d'une tombe et l'honneur d'un suaire,

Tu descendis aussi sur le sable humecté.

Lazare restait seul. Le saint résuscité,

Debout et saluant cette terre inconnue :

« Rivage hospitalier, dit-il, je te salue,

Je te bénis. Sois doux aux messagers de Dieu.»

Il dit, et, s'élançant, à-genoux, en ce lieu,

Il embrasse la terre, et, conquérant sublime,

Il lui voue à jamais de son cœur magnanime

La dernière pensée et le dernier soupir.

Le ciel parut l'entendre et la terre frémir.

Alors, tournant les yeux vers la céleste voûte,
Il implore le Dieu qui dirigea leur route,
Et qui, d'un miel divin, d'un'breuvage inconnu,
Répara, trente nuits, leur courage abattu.
Il chante sa grandeur, sa puissance infinie.
La voix de ses amis à sa voix est unie,
Et leur prière au ciel monte, encens pur et doux.

Ils s'étaient relevés. « Mes chers amis, ô vous,
Mes frères, dit Lazare, et vous, sœurs bien-aimées,
Ce n'est point sans motif, que les vagues calmées
Ont pour nous aplani la route de ce lieu.
Ce Jésus, notre ami, notre roi, notre Dieu,
Attend que, sur ses pas courant à la victoire,
Nous conquérions ici des palmes et la gloire.
Il veut que, de sa croix armés contre l'enfer,
Et des peuples sauvés brisant le joug de fer,
Nous recueillions son vaste et sanglant héritage.
Il le veut : que l'amour enfante le courage !
Marchons, courons ! Vous deux, allez de ce côté.
Vous trouverez bientôt une faible cité.
Là, joignant vos efforts, unissant votre zèle,
Prêchez le Dieu fait homme et la bonne nouvelle,

Et que des deux Marie on célèbre à jamais

La douce bienvenue et les heureux bienfaits.

Vous, marchant vers les lieux où le soleil se lève,

Demain, quand le pêcheur descendu sur la grève

Regagnera le toit qui réjouit son œil,

Des murs de Sextius vous franchirez le seuil.

Sidoine et Maximin, allez tous deux ensemble.

A votre nom déjà, Satan frémit et tremble :

Déjà, des Dieux muets s'écroulent les autels,

Et la vérité brille aux regards des mortels.

Allez, vaillants amis ! C'est votre lot. Toi-même ;

Marthe, ma sœur, adieu. Tu sais bien si je t'aime.

Me séparer de toi, c'est m'arracher le cœur.

Mais Jésus le veut : pars. Que Jésus soit vainqueur.

Suis le fleuve. Je vois un peuple qui t'appelle...

L'épouvante, l'horreur... une bête cruelle...

Un monstre horrible, affreux... Mais ton bras l'a
                                            [vaincu,

Et des peuples sauvés l'Eternel est connu.

Marcelle te suivra. Joseph, soyez leur guide.

Cependant, sur les bords de ce fleuve rapide

Votre course, ô Joseph ! ne s'arrêtera pas.

L'Esprit qui vous conduit dirige ailleurs vos pas.

Il est, au bout du monde, une vaste contrée,

De l'univers entier par les flots séparée.

Vous irez, vous verrez ces rivages lointains,

Et le Christ conquerra par vous l'île des saints.

Allez donc. Massilie et son peuple infidèle

Attendent Madeleine et son frère avec elle.

Adieu. Longtemps stérile et sans fruit, notre amour

Doit éclater enfin, et ce jour est le jour.»

    A ce discours, des pleurs ont mouillé leur pau-
                               [pière.

L'apôtre, cependant, d'une étreinte dernière

Presse contre son cœur, et Marthe, et ses amis;

Puis, muets et pleurants, mais calmes et soumis,

Par différents chemins ils partent et s'éloignent.

    Dans une plaine humide où deux fleuves se joi-
                              [gnent,

Quand, des flots répandus, tels qu'un marais impur,

Les vapeurs ont des cieux terni le mol azur,

En vain, du noir Midi, du Couchant, de l'Aurore,

Les vents agitent l'air de leur souffle sonore :

L'ombre s'étend au loin, sombre comme la nuit.

Mais que, des champs du Nord, l'Aquilon, à grand
                             [bruit,

S'élance. Un air plus pur revêt l'onde et la terre.
Ou tel on voit encor dans les champs de la guerre
Un épais bataillon, formidable carré,
Quadruple mur vivant, immobile et serré,
Tantôt, sombre et couvert d'un nuage de poudre,
Tantôt, s'armant d'éclairs et vomissant la foudre.
Si, dévorant le sol qui tremble sous leurs pas,
Sur lui s'abat soudain, se heurte avec fracas
D'hommes et de chevaux une horrible avalanche,
Qu'un seul homme faiblisse, et le destin qui penche
A prononcé l'arrêt. Tout cède, tout s'enfuit,
Et le mur de guerriers croûle et s'évanouit.
Telle, en nos champs de mort, quand, de l'Esprit
                                               [de vie
Passa le souffle ardent, qui crée et vivifie,
A ce soufle divin, irrésistible et doux,
L'erreur s'évanouit. Telle devant vos coups,
De l'enfer impuissant la cohorte éperdue
S'enfuit, se dispersa, terrassée et vaincue,
Nobles guerriers du Christ ! dont le corps glorieux
De ces rudes combats porte encor dans les cieux
La preuve ineffaçable et la trace immortelle.

  Mais que fais-je, insensé? Quoi! sur mon luth
                                               [rebelle

Ma main ose tenter de sonner vos exploits !
Je ne puis, je le sens. Ma défaillante voix
Tombe. Mon cœur s'étonne, et mon courage expire.

   Mais toi, premier objet des efforts de ma lyre,
Madeleine ! Oh ! du moins accorde à mon amour
De te suivre en mes vers jusqu'à l'affreux séjour
Où, loin des yeux mortels, se consume ta vie !
A d'autres les héros. Tu combles mon envie,
Si ton œil bienveillant, s'abaissant jusqu'à moi,
Donne à mon faible vers un son digne de toi.

III.

Quand les feux de l'amour s'allument dans une
[âme,
Loin de l'objet aimé, pour distraire sa flamme,
Elle s'épuise en vain à chercher un secours.
Tout s'aigrit : la souffrance empoisonne les jours ;
La rose est sans parfum, et la joie est amère.
Mais cet amour sacré d'un père ou d'une mère,
L'amour, le saint amour, et si fort, et si doux,
Qui joint, sous l'œil de Dieu, l'épouse à son époux,
Qu'est-ce, auprès de l'amour puissant, irrésistible,
Qui, loin de ces bas lieux, vers le trône invisible
De l'époux qui fait naître et partage leurs feux,
Des cœurs blessés d'amour précipite les vœux ?

Cette mère le sut, qui, d'un mâle courage,

Des enfants de son sein, que demandait sa rage,

Elle-même au tyran apporta le dernier,

Et Pierre, et Paul, et Jean, et François,et Xavier,

Et ce noble vieillard, qui, détournant la face,

Sur son fils, son orgueil et l'espoir de sa race,

Esclave de l'amour, levait un bras tremblant.

Depuis le jour fameux où Jésus s'en allant,

Aux regards étonnés d'une foule nombreuse,

Avait repris des cieux la route lumineuse,

Madeleine pleurait. Son teint s'était flétri,

Et la douleur voilait son visage amaigri.

Languissante et rêveuse, elle songeait encore

A ce bienheureux jour où, du Dieu qu'elle adore

L'ineffable regard rencontra son regard,

Et dans son cœur blessé pénétra comme un dard.

Qu'il était beau ce Dieu doux, souriant, sublime !

Son cœur volait à lui : mais, esclave du crime,

Elle baissa les yeux et sa honte parut.

Alors, d'un ton si doux que sa rougeur s'accrut

(Et cette voix sans cesse autour d'elle résonne) :

« Marie, allez en paix, dit-il, je vous pardonne.»

Depuis, ce même Dieu, sensible à ses douleurs,
A forcé la nature; et, pour tarir ses pleurs,
Dans le sein d'un cadavre a rappelé la vie.

Cent fois sa bouche aimable à son âme ravie,
Goutte à goutte, a versé le miel de ses discours;
Et, lorsque, radieux, après ces trois longs jours,
Du sépulcre lui-même il a brisé la pierre,
Elle l'a vu, joyeuse, et l'a vu, la première.

Ses crimes, son pardon, cette immense bonté,
Sont l'unique entretien de son cœur attristé;
Ce souvenir l'accable, et l'oppresse, et la tue.

Elle souffre, et pourtant, dans sa plainte assidue,
Heureuse de pleurer, heureuse de souffrir,
Son cœur à d'autres soins refuse de s'ouvrir.

Ainsi, lorsque des nuits tombe le voile sombre,
Le lis ami du jour, qui redoute son ombre,
Se ferme et, sans éclat, attend, pour son réveil,
Une nouvelle aurore et les feux du soleil.

En vain, pour soulager cette douleur cruelle,
Lazare demandait à l'amour fraternelle
Ces consolants discours dont le baume guérit.
Sa voix ne saurait plus convaincre son esprit.

Elle pleure toujours ; et, lasse de la terre,

Il suffit à ses vœux d'un séjour solitaire

Où, seule avec son Dieu, sa plainte et son amour,

Elle puisse en secret répandre nuit et jour,

Répandre librement le trop plein de son âme,

Punir sa chair coupable et voir croître sa flamme.

Une nuit, le sommeil à son corps languissant

Commençait à verser un repos bienfaisant.

Un ange descendu des voûtes éternelles

S'approcha de sa couche, et, repliant ses ailes,

Semblable à l'homme saint qui lui disait ma sœur,

Il la nomme. Sa voix a la même douceur,

A ses traits, à son port, à sa tête pensive,

C'est lui. « De ton désir l'heure, dit-il, arrive.

Tu le veux : dès demain, loin du bruit que tu hais,

Des bois silencieux tu goûteras la paix.

Lève-toi. » Madeleine entr'ouvre sa paupière.

Elle croit voir Lazare. Une pâle lumière

Scintille dans sa main et lui montre ses traits.

Joyeuse, elle se lève, et, hâtant ses apprêts,

S'élance sur les pas de l'Ange qui l'appelle.

La lune an ciel serein éclatait jeune et belle,

Et de ses feux amis leur montrait le chemin.
Sur un bâton noueux l'Ange appuyait sa main,
Et, pour la soutenir et soulager sa peine,
Il parlait de Jésus au cœur de Madeleine.

Ils marchaient, ils volaient, et sous leurs pied
[léger,
Le sol obéissant au divin messager,
Fuyait, comme la mer sous un vaisseau rapide.
Aux premiers traits du jour, Madeleine à son
[guide :
« Où donc est ce bois sombre et cet antre profond? »
« Vois-tu ce roc, dit l'Ange, au sommet de ce mont?
(Son doigt du Saint-Pilon montrait la haute cîme)
Ce roc aux larges flancs qui plonge sur l'abîme?
C'est là. Je reconnais la sublime hauteur
Où j'ai vu, ce n'est point par un songe menteur,
Dieu même à tes côtés s'asseoir sur la montagne.»
Il dit, et sur ses pas entraîne sa compagne.

Cependant le soleil sur les monts d'alentour,
Quoique invisible encore, à flots versait le jour,
Et, de son chant joyeux, qui descend de la nue,
L'alouette au matin disait la bienvenue.

Une immense forêt se dressait devant eux.

L'Ange s'arrête au seuil de ce bois ténébreux.

Il a repris ses traits. A sa beauté divine,

A l'éclat qui trahit sa céleste origine,

A la félicité qui se lit dans ses yeux,

Madeleine connaît un habitant des cieux.

Alors, d'un son plus doux que la voix d'une lyre,

Ou que le vent du soir qui dans les bois soupire :

« Sœur de Lazare, adieu. Vos vœux sont accomplis.

Jésus est satisfait, et ses ordres remplis.

Jésus sait vos douleurs... Vous l'aimez. Femme
                     [heureuse,

Aimez-le ! Non, jamais votre flamme amoureuse

N'égalera les feux dont il brûle pour vous.

Vous le saurez un jour assise parmi nous.»

A ces mots il s'envole, et, déployant ses ailes,

L'enfant du ciel remonte aux voûtes éternelles.

Son pied trace dans l'air un sillon lumineux,

Et la suave odeur qu'exhalaient ses cheveux,

Plus douce qu'un parfum que la flamme dévore,

Aux lieux qu'il occupa resta longtemps encore.

Quand rendue à soi-même et recouvrant ses sens,

Madeleine au soleil rouvrit ses yeux pesants,

Cet astre dans les cieux marquait la neuvième heure.
Elle entre dans le bois désormais sa demeure.
Elle marche. Soudain, les chênes, les ormeaux
Relèvent sur son front leurs complaisants rameaux,
Courbent leur tronc noueux, écartent leur feuillage,
Et, livrant à ses pieds un facile passage,
Se referment après. C'est peu. L'on dit aussi,
Et nos sages aïeux nous l'apprennent ainsi,
L'on dit que, de ces bois qu'embellit sa présence,
Ou calmés et séduits, ou craignant sa puissance,
Les animaux cruels s'enfuirent pour jamais;
Et l'on peut aujourd'hui, sous ces ombrages frais,
De ces vieilles forêts perçant la noire enceinte,
S'enfoncer sans péril et s'égarer sans crainte.

Quand vous avez gravi par des sentiers ombreux
Le mont que Madeleine a rendu si fameux,
Tournez-vous du côté qui voit, au Nord fixée,
Sans cesse autour du pôle errer l'Ourse glacée.
Là, sous ces fiers rochers, dont les sommets déserts,
Couronnent la montagne, exhaussés dans les airs,
Abaissez vos regards. C'est une plaine unie
Que portent d'autres monts sur leur cime aplanie.
    Jadis, un bois épais sur la cîme des monts,
Sur le plateau voilé, dans le creux des vallons,
Couvrait au loin le sol d'impénétrables ombres.
Un jour, un bras avide en ces retraites sombres

Promena le ravage et le fer meurtrier.

Hêtre vert, frais ormeau, pin vieilli, chêne altier,

Tout périt, et le soc mordit la terre avare.

Aujourd'hui, déplorant une erreur qu'il répare,

L'habitant rend aux bois leur paternel séjour,

Et, de leur front naissant, qui croît de jour en jour,

Contemple avec bonheur s'épaissir la verdure.

Tel, après que l'hiver déchirant sa parure

A souillé son manteau parsemé de saphirs,

Tel s'éjouit le paon au retour des zéphirs,

Quand du jaloux hiver Mai réparant l'outrage,

Lui rend l'éclat pompeux de son riche plumage.

    Il fut un lieu pourtant que le fer respecta.

Antre saint, grotte sombre où Marie habita !

Lieux que frappa trente ans sa plainte désolée !

Roc mouillé de ses pleurs ! couche dure et gelée

Où les rois ont baisé la trace de ses pas,

Et sur qui reposaient ses membres délicats !

Ah ! quelle main barbare et quelle âme assez dure

Eut pu vous dépouiller de la verte ceinture,

(Tel brille au front des rois leur bandeau vénéré)

De la ceinture sombre autour du seuil sacré,

Qui nourrit le silence, et la majesté sainte,

Et la pieuse horreur qui remplit votre enceinte ?

    C'est au milieu d'un roc, formidable rempart

Qu'on mesure en tremblant d'un timide regard,

Dominant le plateau, la forêt solitaire,

Et tel que, près des cieux, l'aigle suspend son aire,

C'est là que, sous le mont, s'étend l'antre fameux.

Profond, large, élevé, sur les flots écumeux,

Fier de ses trois grands mats et de sa quille énorme,

Il pourrait, détaché, bondir, vaisseau difforme.

En hauteur, cinq corps d'homme, ajustés bout-
                                 [à-bout,

A peine, quoique grands, le mesureraient tout.

Au fond, un bassin creux voit son trésor liquide

Enrichi lentement d'une eau pure et limpide,

Qui tombe goutte à goutte et jamais n'a tari.

Un rocher l'avoisine, un rocher, sec abri,

Qui, sans pouvoir l'atteindre, à la voûte s'élève.

Ainsi, sur un chantier, lorsque le jour s'achève,

Demeure inachevé, solitaire géant,

Le pilier qui demain montera triomphant,

Ou tel, près de Memphis, le voyageur contemple

Un fut brisé, jadis ferme soutien d'un temple.

Les Anges que Jésus dans un souci d'amour
Envoya pour créuser ce ténébreux séjour,
Pour disjoindre ces rocs, pour soulever leur masse,
Pour étayer le mont que leur bras fort déplace,
Pour arrondir sa base en dôme audacieux
Et creuser les contours d'un antre spacieux....
Car, disons-le, jadis la Baume révérée
Ne s'ouvrait pas ainsi sous la roche sacrée.
Cet antre, ce séjour, en une seule nuit,
Madeleine! oui, pour toi les Anges l'ont construit.
Donc, les saints constructeurs de la demeure sainte
Eurent soin de placer au fond de son enceinte
De ce rocher massif l'énorme piédestal.
Puis, comme aux flancs du mont serpentait un
                                    [canal,
Leur bras en détourna les eaux qui, goutte à goutte,
Avant de s'épancher, scintillaient à la voûte.
C'est ainsi que Marie au fond de l'antre noir
Pouvait dans un lieu sec s'agenouiller le soir ;
Et, lorsque le sommeil fermait son œil humide,
Un lieu sec recevait son corps pâle et livide.
Ce roc était son lit ; l'eau pure, sa boisson ;
La grotte, son abri dans la froide saison.

Elle y passa trente ans. Là, trente ans, solitaire,
De lambeaux revêtue, arrachant à la terre
Le grossier aliment qui soulage sa faim,
De son cruel exil elle attendit la fin :
Heureuse cependant, si dans notre vallée
Il est quelque bonheur pour une âme exilée ;
Car, des célestes chœurs les ravissants concerts
Venaient, sept fois le jour, frapper ces lieux déserts;
Et, sept fois chaque jour, sur la haute montagne,
Des Anges que Jésus dans sa gloire accompagne
Sur leurs bras enlacés la portaient doucement;
Et là, dans les douceurs d'un saint ravissement,
Elle goûtait un peu de la joie ineffable,
Sans mélange, parfaite, immense, inaltérable,
Qui, pour les bienheureux, ivres de voluptés,
Comme un instant trop court fait fuir l'éternité.

V.

Enfin elle mourut. Déjà, dans la carrière,
Noble héros couvert d'une noble poussière,
Lazare avait trouvé les tourments et deux morts.
Sa sœur l'avait revu ceint du laurier des forts ;
Et déjà, dans les cieux savourant sa victoire,
Sur un trône d'or pur il siégeait dans sa gloire.
Au nombre des beautés, cour de l'Agneau divin,
Qui, de l'amour heureux chantant l'hymne sans fin,
Célèbrent de l'Epoux la beauté sans égale,
Et suivent en tous lieux sa marche triomphale,
Marthe avait pris sa place, en attendant sa sœur.
Madeleine à Jésus, à l'aimé de son cœur,

Demandait bien souvent, pour faveur singulière,
De venir l'assister à son heure dernière.

Elle voulait le voir, non dans sa majesté,
Dans toute la splendeur de sa divinité,
Tel qu'il paraît aux cièux, ou tel qu'à son amante
Il daignait se montrer sur la montagne ardente,
Mais tel qu'il apparaît sur nos humbles autels
Pour donner le bonheur et la vie aux mortels.
Elle voulait le voir sous cett humble apparence.

Elle voulait, du moins, c'était son espérance,
Son souhait, son désir, son rêve, son bonheur,
Elle voulait, avant de finir son labeur,
Le recevoir encor sur sa langue mourante,
Le tenir un instant dans sa bouche expirante.

Jusqu'au fond de son corps elle voulait sentir
Ce corps sacré, ce Dieu, descendre, s'engloutir,
Se perdre, s'abîmer. Dans ses brûlantes veines
Elle voulait sentir, au terme de ses peines,
Ce sang, ce même sang qui coula sur la croix,
Battre, vivre et couler une dernière fois.

Son cœur avec son cœur, sa flamme avec sa flamme,
Sa chair avec sa chair, son âme avec son âme,

Son être entier avec le Dieu du Golgotha,
Par les liens les-plus forts que l'amour inventa
Joint, uni, confondu dans une intime étreinte,
C'est ce qu'elle voulait. A sa prière sainte
Jésus avait souscrit. Quand fut venu le jour
Où devait s'accomplir ce mystère d'amour,
Jour qui vit s'allumer le flambeau d'hyménée,
Jour qui vit dans nos champs cette fleur moisson-
[née,

Jour où de leur bonheur tressaillirent les cieux,
Où la terre pleura son trésor précieux,
Quand ce jour fut venu, l'immortelle phalange
Que guidait tous les jours un radieux Archange,
Près d'elle s'abattit, et d'un commun accord,
Joyeuse, dans les airs l'enleva sans effort.
Mais sur le Saint-Pilon leur main obéissante
Ne posa pas du Christ l'amoureuse servante.
Jamais, hélas.! jamais, ces monts, cet antre noir,
Ces bois d'elle privés ne devaient plus la voir.

C'était en ces longs jours, où la nuit trop rapide
Mesure un court sommeil au laboureur avide.
Le soleil s'inclinait à l'horizon lointain.
Madeleine tournant la tête, de la main

3*

Saluait ces beaux lieux, témoins de son martyre,
Et l'adieu sur sa lèvre errait tel qu'un sourire.
Comme pour saluer, alors on eût pu voir
La forêt se courber sous la brise du soir.
Les oiseaux affligés de perdre Madeleine
Se taisaient. Lamentant son amoureuse peine,
Tout seul au fond des bois le rossignol chantait,
Et sous les verts rameaux gémissait et pleurait.

Dans les airs cependant les messagers fidèles
Avançant promptement sur leurs rapides ailes
Mollement la portaient. Aux rayons du soleil
Brillait le vêtement que, pendant son sommeil,
Deux Anges, doucement et le doigt sur la bouche,
Etaient venus poser près de sa dure couche.
Ce vêtement, plus blanc qu'aux yeux du voyageur
Une neige dont rien n'a terni la blancheur,
Etincelait aux feux de l'astre qui le dore,
Comme au sein de la nuit un brillant météore,
Ou tel que dans l'azur un astre tout nouveau,
Inconnu des humains, mais de tous le plus beau.
Des anges tout autour de son char poétique
Chantaient, et des accents du céleste cantique

Retentissaient au loin les échos d'alentour.
De jeunes séraphins, plus brillants que le jour,
Voltigeaient au-dessus, et leur main immortelle
Faisait pleuvoir des fleurs autour d'eux et sur elle.
En avant, l'on voyait, plus promptes que l'éclair,
Deux colombes voler ensemble et fendre l'air.
Ces oiseaux connaissaient la douce Madeleine.
Un jour elle priait. Dans la fluide plaine
Elle vit deux vautours dont les ongles puissants
Enlevaient dans les airs ces oiseaux innocents.
Déjà du haut des cieux tombaient des plumes blan-
[ches,
Et des gouttes de sang avaient rougi des branches.
Madeleine s'émeut. Sa main contre sa main
S'entrechoque. Elle crie : elle crie, et soudain,
Les oiseaux ravisseurs laissent tomber leur proie.
Hâletante, elle accourt, et sa main avec joie
Les ramasse sur l'herbe. Hélas! de tout côté
S'en allait languissant leur col ensanglanté.
En vain contre son sein Madeleine les presse.
En vain, d'un doux baiser, d'une douce caresse,
Elle veut réchauffer leurs membres engourdis.
La vie abandonnait leurs corps froids et raidis.

Alors, tournant les yeux vers la céleste voûte,
Elle prie un instant. Elle sent qu'on l'écoute.
Sa main trace sur eux le signe de la Croix :
Et bientôt, ranimés et guéris, sur ses doigts,
Becquetant ses cheveux, baisant sa bouche heureuse,
Les oiseaux roucoulaient leur plainte doucereuse.
Ces colombes depuis n'oublièrent jamais
Les soins de Madeleine et ses tendres bienfaits.
La nuit, sur le rocher, près de sa tête blonde,
Toutes deux s'endormaient dans la grotte profonde.
Dès que le jour naissait, promptes, toutes les deux
Sur sa lèvre cueillaient un baiser amoureux :
Puis, roucoulant autour de la Sainte endormie,
Attendaient, tous les jours, que, d'une voix amie,
Elle leur dit : Allez. Alors, elles partaient,
Et dans les champs de l'air, joyeuses, s'envolaient.
Elles passaient ainsi le jour entier loin d'elle.
Mais quand venait le soir, au rendez-vous fidèle,
Toujours le couple heureux, attendant un baiser,
Sur la Sainte à genoux venait se reposer.

    Au seuil des champs fameux, des opulentes
                              [plaines,
Qui virent sous l'effort des légions romaines,

Succomber autrefois le farouche Teuton,

S'élevait dans ce temps un bourg encor sans nom.

Ce bourg, fier aujourd'hui de son antique histoire,

Plus fier du monument, son orgueil et sa gloire,

Plus fier peut-être encor du nom de Maximin,

D'aucune autre cité n'envierait le destin.

C'est là, que vers les cieux magnifique s'élance

Le monument superbe, où l'heureuse Provence

Abrite loin du jour et conserve dans l'or

Son plus rare joyau, son plus riche trésor,

Ton chef, ô Madeleine! et la relique sainte

Qui des doigts du Sauveur garde encore l'empreinte;

Cette part de ton corps que cette douce main

A sacrée immortelle à son contact divin ;

Ce débris de ta chair plus sainte que ton temple,

Que, deux mille ans après, le voyageur contemple

Telle, après deux mille ans, qu'au moment de ta
                                                [mort,

Et qu'il quitte à regret en bénissant ton sort.

Non loin du temple assis au seuil de cette plaine,

Du temple qu'on voudrait plus beau pour Madeleine,

Mais qui plaît cependant à notre œil confondu,

Autant qu'au noir mineur l'éclat du jour rendu,

Autant qu'à l'étranger qui franchit la Durance
L'air, le jour, le climat, le ciel de la Provence ;
Non loin de ce beau temple et de Saint-Maximin,
Le voyageur lassé trouve sur son chemin
Une colonne simple, hélas! et bien modeste,
Monument du passé, noble et précieux reste
Qui transmet d'âge en âge aux siécles à venir
De l'objet de mes chants l'éternel souvenir.
Là, le ciseau pieux sur cette humble colonne
A sculpté Madeleine. Elle est là, douce et bonne.
Les anges dans les airs la tiennent doucement
Et semblent la poser sur le haut monument.
Jadis, en ce lieu même, un orme séculaire
De l'ombre de son front couvrait au loin la terre.
C'est là, dans son feuillage et sous les verts ra-
                                    [meaux,
Abri cher aux humains, doux séjour aux oiseaux,
Que, suspendant leur vol et repliant leurs ailes,
S'arrêtèrent enfin les colombes fidèles.
Sous l'arbre un frais gazon tout émaillé de fleurs
S'étendait en tapis aux plus riches couleurs.
Des genêts aux fleurs d'or, des aubépines blanches,
Mariant leurs senteurs, entremêlant leurs branches,

Partant des deux côtés de l'arbre au front altier
Se courbaient avec grâce en cercle irrégulier,
D'où s'exhalait au loin une odeur embaumée,
Plus douce que l'odeur d'un parfum d'Idumée.
A gauche, vers l'endroit où, sous l'épais gazon,
Croît mieux la violette en la belle saison,
Où, vers le tronc noueux, tout couvert par la mousse,
Le sol s'incline un peu par une pente douce,
Là, sur l'herbe touffue et sous le frais ormeau ,
Les Anges radieux posèrent leur fardeau.

VI.

Les Anges vers les cieux avaient repris leur
[route,
Et de leurs chants divins, que Madeleine écoute,
Le bruit, qui s'affaiblit de moment en moment,
Dans le vague de l'air s'effaçait lentement.
Un seul ne les suit point. C'est l'Archange, leur
[guide.
Déjà, vers d'autres monts tournant son vol rapide,
Il atteignait les murs par Sextius bâtis.
Là vivait Maximin. A ses yeux éblouis
L'Ange apparait soudain, revêtu de lumière,
A l'heure où, répandant son âme et sa prière,

Le pontife en secret au ciel levait les mains.
Il lui parle, et bientôt, dans les rudes chemins,
Le généreux vieillard, plein d'un jeune courage,
Hâtait ses pas tremblants, oublieux de son âge.
Il marche, il court, il vole, et l'on devine à voir
Ses efforts surhumains, qui passent son pouvoir,
Qu'une force inconnue, et le pousse, et le presse.
Il arrive. Il revoit cette bonne maîtresse
Dont l'âme était si tendre et les ordres si doux.
Tendre enfant, il l'avait prise sur ses genoux.
Lui-même déjà fort aux bras de sa nourrice
Aimait à l'enlever, et sa main protectrice
Se plaisait à l'aider, en soutenant ses bras,
A tracer sur le sol ses premiers petits pas,
Depuis, soixante hivers ont passé sur sa tête.
De serviteur, pontife, infatigable athlète,
Sans trève, sans repos, en toute heure, en tout
                                              (lieu,
Il a lutté, trente ans, pour la cause de Dieu.
Mais, ni soins, ni labeurs, ni vieillesse avancée,
N'ont pu loin de ce temps emporter sa pensée,
Ni chasser de son cœur ce tendre souvenir.
Il pleure ce vieillard dont les jours vont finir;

Il pleure, non pourtant du pleur timide et lâche,
Que la peur fait couler, que la douleur arrache.
Si d'un voile orageux son œil est obscurci,
C'est d'amitié, de joie et de surprise aussi.
Mais elle soulevant sa mourante paupière :
« Ah ! béni soit le Dieu propice à ma prière
Qui permet qu'un ami vienne fermer mes yeux !
Je me meurs. Je le sens. Le temps est précieux.
Pontife, hâtez-vous ! Mon âme criminelle
A soif de ce pardon qui dans vos mains ruisselle.
Ecoutez mes forfaits et daignez me bénir.. »
  Elle dit. A ces mots les pleurs du repentir
Qui du roc si longtemps ont arrosé la pierre
Brillent dans son œil terne et mouillent sa paupière.
Sur son bras qu'a touché le souffle de la mort,
Faible, se soulevant par un pénible effort,
Elle commence. O Dieu ! De l'humble pécheresse
Comme les Anges saints, transportés d'allégresse,
Ecoutaient les soupirs dont nul ne sait le prix !
Vers la terre leurs cœurs s'inclinaient attendris,
Et ciel attentif suivait la longue histoire
Des crimes dont Dieu même a perdu la mémoire
Et qu'il couvrit jadis d'un pardon éclatant.
Elle a dit. Le vieillard sur son front pénitent,

3*

Plutôt pour la bénir, que pour laver son crime,
Lève son bras puissant, qui peut fermer l'abîme.
Il l'absout en pleurant. Puis, entr'ouvant son sein,
Il tire un vase d'or. Sa défaillante main
L'ouvre. O moment heureux pour l'humble péni-
[tente!
O moment fortuné pour la fidèle amante !
Déjà le prêtre tient l'hostie entre ses doigts.
Il trace dans les airs le signe de la croix :
Puis, sur sa langue ardente et sous sa lèvre rose
Sa main avec respect doucement la dépose.
Dans ce grand cœur alors qu'est-ce qui se passait?
Dieu seul pourrait le dire, et seul, ce cœur le sait.
    Sous l'ombrage mouvant, que la brise balance,
A genoux, tous les deux ils priaient en silence.
Le soleil descendait sous l'ardent horizon.
Tout-à-coup au vieillard appelé par son nom :
« Maximin, je m'en vais. Adieu » dit Madeleine.
Son regard était calme, et sa tête, sereine.
Elle dit, et soudain, comme au printemps nouveau,
Le papillon vainqueur, échappé du tombeau,
S'élance sur la fleur qui lui tend sa corolle,
Son corps glacé retombe et son âme s'envole.

Maximin l'aperçut dans les cieux azurés,
Brillante, qui montait vers les champs éthérés.
Des anges la suivaient. Alors les cieux s'ouvrirent,
Et les sacrés parvis à ses yeux resplendirent.
Elle entra. Là, Jésus la reçut sur son cœur,
Et les temps finiront, sans finir son bonheur.

Cependant, vers les lieux qu'ont arrosés ses
                                        larmes,
Son âme à revenir trouve, dit-on, des charmes.
Ou plutôt, sans quitter le céleste séjour,
Son regard bienveillant s'abaisse avec amour
Sur les humbles mortels qui, de la grotte sainte
Visitent recueillis la ténébreuse enceinte.
C'est là qu'elle se plait à verser ses bienfaits.
Aussi, qui nous dira, qui comptera jamais
Les voyageurs pieux que les siècles y virent ?
Là, vinrent les héros : là, les rois se rendirent :
Là, vint chanter Pétrarque, et ces rocs éternels
Gardent le souvenir de ses vers immortels.

Là, dès que le printemps ranime l'allégresse,

Les peuples vont toujours prier la Pécheresse.

Là, j'irai maintes fois toucher d'un saint baiser

Le dur lit où, trente ans, tu vins te reposer,

O Marie ! et le cœur remplis de tes louanges,

Je gravirai le mont où te portaient les Anges.

FIN.

4

NOTES

SUR LE POÈME

DE

SAINTE-MARIE MADELEINE

EN PROVENCE.

Je chante Madeleine et la grotte fameuse.

Tout le monde connaît sainte Marie-Madeleine. Tout le monde sait ce que l'Evangile nous dit de ses fautes, de son repentir et de son amour pour N. S. Jésus-Christ qui ont fait de la Pécheresse de Béthanie le plus parfait modèle, le type le plus sublime de l'amour pénitent.

La grotte dont il est plusieurs fois question dans ce poème est connue en Provence sous le nom de

Sainte-Baume (baume sainte par excellence). *Baume* ou *Balme* est la traduction française du mot provençal *Baoumo,* qui signifie grotte, caverne. C'est dans cette grotte que selon la tradition Sainte Marie-Madeleine a passé dans la pénitence les trente dernières années de sa vie.

Quelques auteurs, parmi les protestants surtout, avaient voulu voir plusieurs personnages dans Marie-Madeleine, Marie de Béthanie et la Pécheresse de l'Evangile. Au dix-septième siècle, cette opinion avait même prévalu auprès de plusieurs écrivains ou prédicateurs catholiques. M. Faillon a victorieusement démontré dans la magnifique thèse qui ouvre son grand ouvrage, la fausseté de cette assertion et l'identité de tous ces personnages dans l'unique Sainte Marie-Madeleine.

> Quand, d'un peuple en fureur déjouant les complots,
> Le ciel l'eut arrachée à la fureur des flots.

Dans la persécution qui éclata contre les disciples de Jésus-Christ, peu de temps après sa résurrection, les Juifs n'eurent garde d'oublier la famille de Saint-Lazare. Ils connaissaient trop bien les liens d'étroite amitié qui avaient uni au Sauveur tous les membres de cette famille. D'ailleurs, il est bien probable que Saint-Lazare et les siens, qui avaient été si attachés à Jésus-Christ de son vivant, n'étaient pas les derniers à publier sa divinité après sa mort. Et sans cela, la seule présence au milieu d'eux de cet homme et de ceux qui l'avaient vu sortir du tombeau après quatre jours de sépulture, était par elle-même une preuve par trop forte de cette divinité, pour qu'ils pussent la souffrir. Ils résolurent de s'en débarrasser, en les exposant tous sur la mer. Voici comment le bréviaire romain raconte cet événement dans la légende de Sainte Marthe, au jour de sa fête, le 29 juillet.

« Après l'ascension du Sauveur, Marthe qui devait la naissance à des parents riches et illustres, mais qui est bien plus connue par l'hospitalité qu'elle donna au Seigneur, fut prise par les Juifs avec son frère, sa sœur, Marcelle sa servante, Maximin l'un des soixante-douze disciples du Seigneur, qui avait baptisé toute sa famille, et un grand nombre d'autres chrétiens. On les fit monter sur un vaisseau sans voile et sans rame, et on les exposa sur la vaste mer, dans la certitude qu'ils y feraient naufrage. Mais Dieu conduisit le navire qui vint aborder à Marseille et les y déposa sains et saufs.

« Touchés par ce miracle et par leur prédication, les habitants de Marseille d'abord, puis ceux d'Aix et des contrées voisines crurent en Jésus-Christ. Lazare fut fait Evêque de Marseille, et Maximin, Evêque d'Aix. Madeleine accoutumée à prier aux pieds du Sauveur voulut jouir de la contemplation des célestes béatitudes, cette meilleure part qu'elle s'était choisie. Elle se retira dans une vaste caverne creusée dans les flancs d'une haute montagne. Elle y vécut trente ans, loin de toute société humaine; et chaque jour, pendant ce temps-là, elle était élevée dans les airs par les Anges, pour ouïr les chants célestes,

« Marthe, après s'être gagné par sa charité et l'admirable sainteté de sa vie l'affection et l'admiration de tous les habitants de Marseille, se retira avec quelques femmes vertueuses dans un lieu écarté, loin des hommes. Elle y vécut longtemps

avec une grande réputation de piété et de sagesse.
Enfin, célèbre par ses miracles, elle s'en alla vers
le Seigneur, le quatrième jour des Calendes d'août,
après avoir annoncé sa mort longtemps à l'avance.
Son corps est en grande vénération à Tarascon.»

Ce récit, en ce qui concerne Sainte Marie-Madeleine surtout, forme tout le sujet de mon poëme.

Malgré l'autorité de cette légende et de la tradition provençale qui y est exactement conforme, le
savant M. Faillon a cru pouvoir contester la cir-
constance du vaisseau sans voile et sans rame.
Selon lui, Sainte Marie-Madeleine et les autres
apôtres de la Provence s'y seraient rendus volontai-
rement et de leur plein gré pour évangéliser ce pays.

La fille de Phocée au seuil des mers assise...

On sait que Marseille fut fondée par une colonie
de Phocéens, vers l'an 600 avant l'ère chrétienne.
C'est la plus ancienne ville de France.

Au sein même des flots s'élève un mont ardu.

Cette montagne est celle qui termine si bien par
la vigueur de ses ombres l'horizon de la campagne

de Marseille au Midi. On la nomme en provençal *Marsih'-à-veïre* (Marseille-à-voir) , comme pour dire que c'est de là qu'il faut voir Marseille. Il y a en effet de son sommet une très-belle vue sur Marseille. La description que j'en fais est très-exacte. La montagne toute entière n'est qu'une roche nue. Il est difficile d'en voir de plus tourmentée. A cinq ou six kilomètres de là, la chaîne incline un peu vers le Nord et commence à se boiser. Mais longtemps avant d'arriver à la Sainte-Baume, son sommet, qui est alors beaucoup plus élevé, reprend le caractère de sauvage et grandiose aridité qu'il avait au bord de la mer.

En face de Pourrière et de Sainte-Victoire.

C'est dans les plaines de Pourrières que Marius défit et extermina, l'an 103 avant Jésus-Christ, la nation entière des Ambro-Teutons. Après le combat, il ne fit point ensevelir les morts. Ces cadavres, dont le nombre s'élevait dit-on, à plus de deux cent mille, se putréfièrent aux rayons du soleil, et laissèrent au champ de bataille le nom de *Pourrières.*

Sainte-Victoire est une montagne très élevée qui domine la plaine de Pourrières. Au pied de cette montagne est une éminence sur laquelle campait l'armée de Marius. On érigea, en cet endroit même, un temple magnifique à la Victoire, en souvenir de cet événement. Plus tard, le Christianisme s'empara de ce monument et le consacra à Sainte-Victoire. C'est de là que la chaîne toute entière a tiré son nom. La chaîne de Sainte-Victoire court parallèlement à la chaîne de la Sainte-Baume.

C'est là le Saint-Pilon. Jadis affreux repaire.

Primitivement, on appelait *Saint-Pilon* une colonne ou pilier élevé sur la montagne de la Sainte-Baume, dans l'endroit même où, selon la tradition, Sainte-Marie-Madeleine était élevée sept fois chaque jour par les Anges. Elle y était représentée soutenue dans les airs par leurs mains, à peu près comme on la voit encore près de Saint-Maximin, sur une autre colonne, qui se nomme aussi le Saint-Pilon. « Dans la suite, dit M. Faillon, on bâtit une chapelle tout autour de ce pilier. Plus tard, on le remplaça lui-même par un groupe de marbre placé sur l'autel, et qui représente le même sujet.»

Par extension on désigne encore sous le nom de Saint-Pilon, le sommet de la montagne même, où se trouvait cette colonne, et où se voit aujourd'hui la chapelle. C'est dans ce sens que jemploi ici cette expression.

Souvent même des loups surpassant la fureur.

Les sacrifices humains étaient assez communs chez les Gaulois pour que j'ai pu supposer qu'avant l'établissement de colonies grecques sur la côte, il s'en était offert dans les forêts qui avoisinaient la Sainte-Baume.

César décrit dans ses commentaires une manière horrible d'offrir ces sacrifices. On construisait un énorme mannequin en osier. On le remplissait de victimes. On amoncelait du bois à l'entour. Puis on y mettait le feu. J'ai fait allusion un peu plus bas à cet usage cruel.

Les uns, nobles vaincus, ont fui leur ciel heureux.

Le premier établissement des Phocéens sur la côte de la Méditerranée, aux lieux où fut depuis

Marseille, eut lieu vers l'an 600 avant Jésus-Christ.
Quelques années plus tard, la destruction de Phocée par Harpagus, lieutenant de Cyrus, amenait
dans la colonie naissante la plupart des habitants de
la cité-mère. C'est à cet évènement que Massilie
(Marseille) dut cet accroissement rapide qui la
rendit bientôt la rivale de Tyr et de Carthage et
l'une des plus puissantes républiques de l'antiquité.
Hérodote nous a laissé dans le premier livre de
son histoire le pathétique récit des malheurs de
Phocée et de l'héroïsme de ses habitants.

Chercher delà des monts, des amis trop fidèles.

Les relations d'amitié entre les Romains et les
Massiliotes furent de bonne heure très-fréquentes
et très-étroites. Cicéron appelait Massilie une se-
conde Rome. Pendant les guerres puniques les
Massiliotes avaient pris parti pour les Romains
contre les Carthaginois. Les Romains vinrent au
secours des Massiliotes contre les Ligures. Mais
cette amitié finit par être funeste à Marseille. Une
fois que les Romains eurent mis le pied dans les
Gaules ils n'en sortirent plus, et Massilie fut enfin
subjuguée à son tour.

Et de l'affreux Hésus les autels méprisés,
Du sang des malheureux ne sont plus arrosés.
Teutatès a cédé, etc.

Hésus était le Dieu de la guerre chez les Gaulois. On lui offrait des sacrifices humains. Teutatès était le Dieu du ciel, le Jupiter Gaulois.

Le poète disait, Massilie et ses mœurs,
Comme l'on dit Sodome et les mœurs de Gomorrhe.

Mores Massilienses, des mœurs Massiliques, pour désigner des mœurs infâmes. Le mot est de Plaute. Longtemps Massilie fut célèbre par la pureté de ses mœurs. Elle perdit enfin cette célébrité, pour en acquérir une toute contraire. Le Christianisme importé par Saint Lazare et Sainte Marie-Madeleine devait la régénérer.

Ce fut toi, Maximin. Ton ardente jeunesse.

Saint Maximin était un des soixante-douze disciples et le proche parent du Sauveur. Quelques-uns en font un serviteur de la famille de Saint Lazare. Il mourut à Aix, après quarante ans environ d'apostolat. Son corps fut enseveli sur sa demande à côté du corps de Sainte Marie-Madeleine qu'il avait assistée à ses derniers moments.

Après lui Salomé descendit la première.

Sainte Marie-Salomé, épouse de Zébédée, fut la mère des deux apôtres St-Jean et St-Jacques-le-Majeur. C'est elle qui avait demandé au Sauveur que ses fils fussent assis l'un à sa droite et l'autre à sa gauche. Seuls avec Saint Pierre, ils furent les témoins de la Transfiguration de leur maître sur le Thabor.

Jacobé la suivit.

Sainte Marie, épouse de Cléophas ou Alphée, et mère des apôtres St-Jacques et St-Jude, est appelée dans le Saint-Evangile la sœur de la mère de Jésus. On la nomme Jacobé à cause de Saint Jacques-le-Mineur, son fils, que l'Ecriture appelle le frère du Seigneur et qui fut le premier Evêque de Jérusalem.

Le ciel parut l'entendre, et la terre frémir.

Je me suis rencontré ici, sans m'en douter, avec le grand poète épique que de nos jours la Provence a donné au monde, M. Frédéric Mistral.

Le récit du voyage miraculeux et de l'arrivée en
Provence de nos saints apôtres est en effet l'un
des plus beaux épisodes de son poème de *Miréio*,
de ce chef-d'œuvre de la langue provençale, qui
est à la fois si moderne et si antique, si provençal
et si grec. Ce récit remplit le onzième chant. Quand
nous fûmes débarqués, disent les saintes Marie-
Jacobé et Marie-Salomé à Mireille :

« Sus l'arène aigalouso, aqui nous amourran,
　Et cridan touti : « Nosti testo
　Qu'as poùtira de la tempesto,
　« Fin qu'aù couteou li vaqui lesto
A proclama ta lei, o Christ ! te lou juran ! »
　A-n-aqueou noum, de jouissenço
　La noble terro de Prouvenço
Parei estrementido, etc.

Ce qui veut dire pour ceux qui ne comprendraient
pas cette belle et poétique langue : Sur l'arène humide, là, nous nous prosternons et nous nous
écrions tous : « Nos têtes que tu as arrachées à la
tempête, les voici prêtes à proclamer ta loi jus-
que sous le glaive, ô Christ ! Nous te le jurons ! » A

ce nom, la noble terre de Provence semble frémir
de joie, etc.

Vous trouverez bientôt une faible cité.

Les Saintes-Marie, ou par abbréviation les Saintes, ou encore Notre-Dame-de-la-Mer, est une
petite ville située aux embouchures du Rhône, dans
l'île de la Camargue. Elle est ainsi nommée à cause
des deux saintes Femmes qui l'évangélisèrent. En
effet, tandis que leurs compagnons se dispersaient
pour porter la *bonne nouvelle* à toute la Provence,
Sainte Marie-Jacobé et Sainte Marie-Salomé s'arrêtèrent en ce lieu qui paraît avoir été le lieu de
leur débarquement. Elles y moururent et y furent
ensevelies. Leurs corps, enfouis dans la terre à
l'époque de l'invasion des Sarrasins, demeurèrent
longtemps inconnus. Ils furent retrouvés l'an 1448,
sous le pontificat de Nicolas V, par les soins de
Réné, roi de Sicile et comte de Provence.

Des murs de Sextius vous franchirez le seuil.
Sidoine et Maximin, allez tous deux ensemble.

La ville d'Aix en Provence fut fondée par le préteur Sextius Calvinus, l'an 122 avant J. C. Ses eaux thermales, très renommées chez les anciens, firent donner à la colonie naissante le nom d'*Aquæ sextiæ*, (Eaux de Sextius) d'ou le nom d'Aix a été formé. Cette ville était au moyen âge la capitale et le séjour ordinaire des Comtes de Provence. St Maximin en fut l'apôtre et le premier Evêque.

Saint Sidoine Apollinaire était, d'après la tradition, l'aveugle-né, dont la guérison miraculeuse est racontée avec de si touchants détails dans l'Evangile de Saint Jean. Après la mort de Saint Maximin, il lui succéda sur le Siége d'Aix. On voit encore son tombeau dans la crypte de l'Eglise de Sainte Marie-Madeleine à Saint-Maximin. C'est dans ce tombeau que se trouvaient les reliques de Sainte Marie-Madeleine, lorsqu'on les découvrit en 1279.

Suis le fleuve. Je vois un peuple qui t'appelle...
L'épouvante, l'horreur... une bête cruelle,
Un monstre horrible, affreux. Mais ton bras l'a vaincu.

Sainte Marthe, sœur de Saint Lazare et de Sainte Marie-Madeleine est honorée dans les villes de Tarascon et d'Avignon comme l'apôtre de leur pays et la fondatrice de leurs églises. Elle délivra, dit on, la contrée d'un monstre affreux qui la ravageait et que l'on connaît sous le nom de *Tarasque*. Il n'est rien de plus populaire que cette tradition dans le Midi de la France.

Marcelle te suivra. Joseph, soyez leur guide.

Ste Marcelle était la servante de Ste Marthe. Son corps fut retrouvé en 1279 dans la crypte de Sainte Marie-Madeleine.

Au nombre des saints voyageurs miraculeusement sauvés des eaux, la tradition de Provence met encore Saint Joseph d'Arimathie, le noble décurion qui, après la mort du Sauveur, entra hardiment chez Pilate, dit l'Evangile, pour réclamer son corps et pour l'ensevelir. Saint Joseph d'Arimathie ne se fixa pas en Provence. Il alla, d'après la même tradition, évangéliser la Grande-Bretagne. La ferveur et les vertus chrétiennes des habitants de cette île étaient si célèbres au moyen-âge, qu'on l'avait surnommée l'*Ile des Saints*.

5

Par différents chemins ils partent et s'éloignent.

J'ai fait débarquer les saints Apôtres de la Provence non pas à Marseille, comme le dit la légende
du Bréviaire Romain, mais à quelque distance de
cette ville, dans la Camargue, aux embouchures
même du Rhône. J'ai suivi en cela l'autorité de
M. Faillon. (Monuments inédits, T. Ier., p. 1271).

Aux lieux qu'il occupa resta longtemps encore.

J'ai fait conduire Sainte Marie-Madeleine à la
Sainte-Baume par un Ange. On n'en sera pas surpris. La tradition enseigne en effet qu'elle ne
s'y rendit pas sans une intervention surnaturelle.
L'abord de cette grotte devait être en ce temps
d'une extrême difficulté, comme le remarque très-
bien M. Faillon, après beaucoup d'autres.

Les animaux cruels s'enfuirent pour jamais.

« On dit qu'à son approche, les animaux nuisi-
bles et venimeux lui abandonnèrent, et pour toujours, cette solitude. Et il est certainement digne
de remarque que, quoique la forêt de la Sainte-

Baume soit située au milieu d'un affreux désert, jamais on ne voit d'animaux féroces ou venimeux y fixer leur demeure.

« On rapporte aussi que la grotte sanctifiée par la présence de Sainte Madeleine a joui depuis long-temps d'un privilége semblable. Il est assuré que, quoiqu'elle soit toujours excessivement humide, et que l'eau y dégoutte de toutes parts, on n'y voit ni crapauds, ni scorpions, ni aucune sorte d'insectes venimeux, ce qui est fort remarquable dans ce pays où ces sortes d'animaux se trouvent fréquemment en des lieux semblables.»

(Monuments inédits, etc. tom. 1er, p. 483.)

Un rocher l'avoisine, un rocher, sec abri,
Qui, sans pouvoir l'atteindre, à la voûte s'élève.

« Aucun des auteurs (qui ont décrit la Sainte-Baume) n'a oublié la petite roche élevée de huit à dix pieds, et qui n'a guère plus de surface, où l'on dit que Sainte Madeleine vaquait à la contempla-tion... Ce lieu appelé la *Sainte-Pénitence* était autrefois éclairé d'un grand nombre de lampes d'argent qui l'éclairaient nuit et jour. C'est le seul endroit de cette grotte qui soit toujours sec, tandis que, partout ailleurs, l'eau dégoutte sans cesse, l'été aussi bien que l'hiver. Au pied de la Sainte-Pénitence se trouve une fontaine d'eau excellente. Elle ne tarit jamais durant les plus grandes sécheresses, et elle est disposée de manière que jamais son réservoir ne déborde dans le temps des plus grandes pluies.»

(Monùments inédits, etc. T. Ier, p. 485.)

Elle y passa trente ans. Là, trente ans solitaire.

Ce que je dis de la vie de Sainte Marie-Madeleine à la Sainte-Baume, et en particulier de son élévation dans les airs par les mains des anges, est exactement conforme à la tradition provençale. Voici ce qu'on lisait déjà dans les Actes de la vie de cette illustre pénitente, du temps de Raban, au 8me siècle.

« Sainte Marie-Madeleleine, qui désirait vaquer à la contemplation céleste et goûter plus pleinement la meilleure part qu'elle avait choisie, se transporta, par l'ordre du Seigneur, dans une solitude escarpée, dans un lieu qui lui avait été préparé par la main des Anges, et y demeura l'espace de trente ans, inconnue à tous les hommes, nourrie seulement d'aliments célestes, occupée à chanter et à louer le Seigneur.

« La caverne où cette très-heureuse amante de Jésus-Christ demeurait, était située dans le flanc d'une montagne très-escarpée, préparée, comme nous avons dit, par la divine Providence, et où il n'y avait pas alors la moindre goutte d'eau, ni le plus petit brin d'herbe ; comme si notre Rédempteur eut voulu montrer manifestement qu'il avait résolu de rassasier sa glorieuse amante, non d'aliments terrestres, mais seulement de ceux du ciel.

« Demeurant donc sans cesse dans cette crypte, elle était élevée dans les airs, sept fois le jour, par les mains des Anges, et entendait corporellement les concerts des chœurs célestes qui publient dans la suavité de leurs chants les louanges de leur Créateur; et, après qu'elle avait été rassasiée de ces très-suaves aliments, elle était de nouveau reportée à ces mêmes lieux par les mains des Anges. »

(Monuments inédits, etc. T. 2. p. 56).

Lazare avait trouvé les tourments et deux morts.

St Lazare fut martyrisé à Marseille vers l'an 80 de l'ère chrétienne. On voit encore dans l'Eglise de St Victor les souterrains où St Lazare et Ste Marie-Madeleine réunissaient les premiers disciples que leur zèle avait gagnés à leur maître ; et l'on y montre le siége creusé dans le roc, où l'ami ressuscité du Sauveur écoutait les confessions de son peuple. La trop peu soigneuse Marseille possédait encore , il y a quelques années , un autre monument où vivait le souvenir de son apôtre. C'était tout près de la place de Linche (l'ancien *forum* de *Massilie*) , les salles souterraines dites de Saint-Sauveur, qui servirent de prison, et sans doute aussi de lieu d'exécution à notre premier Evêque. L'archéologue et le chrétien ont eu la douleur de voir la spéculation s'en emparer pour les détruire. Il serait digne de la piété des enfants de Saint Lazare de racheter le sol occupé jadis par ce monument et d'y ériger un sanctuaire.

S'élevait en ce temps un bourg encor sans nom.

Saint-Maximin est une petite ville du département du Var. Ce lieu paraît avoir été habité et s'être nommé *Tegulata* du temps des Romains. On y admire une église dédiée à Sainte Marie-Madeleine, œuvre des comtes de Provence, qui est sans contredit le plus bel édifice ogival du Midi de la France. Cette église possède outre le chef de Sainte Marie-Madeleine, un morceau de son front connu sous le nom de *Noli me tangere*, un os de l'un de ses bras, un tube en cristal, que l'on nomme la *Sainte-Ampoule* et qui renferme avec les débris d'une fiole plus ancienne, une certaine quantité de terre imbibée du sang du Sauveur, recueillie et apportée, dit-on, par Ste Marie-Madeleine. On voit encore dans la crypte de cette église cinq tombeaux : ceux de Sainte Marie-Madeleine, de Saint Maximin, de Saint Sidoine-Apollinaire, un tombeau désigné sous le nom de tombeau des Saints Innocents, et enfin un sarcophage sans nom superposé à celui de Saint Sidoine.

Le tombeau de Sainte Marie-Madeleine est resté longtemps inconnu.

Au commencement du huitième siècle, les chrétiens de Provence craignant pour les précieuses reliques de leurs Saints Apôtres, le vandalisme des Sarrasins qui venaient de piller et de saccager l'Espagne, les enfouirent dans la terre, pour les soustraire à leur fureur. Tarascon cacha le corps de Sainte Marthe. Les habitants des Saintes mirent de même à l'abri les corps des Saintes Marie-Jacobé et Marie-Salomé. Ceux de Marseille, après avoir caché quelque temps le corps de St-Lazare, finirent par l'envoyer à Autun pour plus de sûreté. Les Cassianites de Saint-Maximin, alors chargés de la garde des corps de Sainte Marie-Madeleine et des Saints qui avaient demandé et obtenu d'être ensevelis à ses côtés, les enfouirent eux-mêmes dans la crypte de leur église, qu'ils remplirent de terre et dont il paraît même qu'ils murèrent l'entrée. Ces reliques ne furent retrouvées qu'en 1279, par les soins de Charles, prince de Salerne, neveu de Saint Louis et plus tard roi de Sicile et comte de Provence.

Là le ciseau pieux sur cette humble colonne
A sculpté Madeleine.

Tout près de Saint Maximin on voit un groupe
de pierre représentant quatre anges vêtus en religieux Bénédictins, qui enlèvent dans les airs Ste
Marie-Madeleine. Ce groupe est supporté par une
colonne ou pilier qui lui a fait donner le nom de
Saint-Pilon.

« Le Saint-Pilon a été élevé dans ce lieu, dit
M. Faillon, parce qu'on tient par tradition que
Sainte Madeleine, le jour de sa mort, fut transpor-
tée de la grotte et déposée dans ce lieu même par
les Anges, que de là elle se rendit au lieu appelé
Saint Maximin, où, après avoir reçu la Sainte-
Eucharistie, elle rendit son âme à Dieu. »
(Monuments inédits, etc. T. 1. p. 80).

Il arrive, il revoit cette bonne maîtresse.

En faisant de St Maximin un serviteur de la
famille de Saint Lazare, j'ai suivi une opinion
assez accréditée chez le peuple en Provence. Cependant je dois dire que je n'ai trouvé aucune preuve

historique de ce fait. M. Faillon n'en parle pas
dans son grand ouvrage.

Là vinrent les héros, là les rois se rendirent.

« Un seul jour y compta cinq rois : un siècle
y amena huit Papes » a dit l'éloquent auteur au-
quel est dédié ce livre.

La dévotion des Croisés pour Sainte Marie-Madeleine et leur empressement à venir visiter le
lieu de sa pénitence, avant de partir pour la Terre-
Sainte, fut toujours extraordinaire.

On compte onze rois de France, de Saint Louis
à Louis XIV, qui ont fait le pèlerinage de la Sainte-
Baume.

Là vint chanter Pétrarque; et ces rocs éternels
Gardent le souvenir de ses vers immortels.

Pétrarque a fait plusieurs voyages à la Sainte-
Baume. On y lisait avant la Révolution Française
une belle inscription en vers latins, qu'il avait sus-
pendue lui-même aux rochers de la grotte, comme
un monument de sa piété envers Sainte Marie-
Madeleine.

Le R. P. Lacordaire termine son livre sur Ste Marie-Madeleine par ces pages éloquentes que je voudrais faire miennes, et dont je m'approprie au moins toutes les pensées.

« Cés lieux si fameux et si vénérés que j'ai décrits, cette grotte, ce tombeau, cette crypte, cette basilique, ce monastère, tout cet ensemble de monuments que la nature et la grâce, le temps et les princes avaient élevés à la gloire de Marie-Madeleine, tout cela est debout encore, mais pauvre, nu, désolé, tout couvert des cicatrices d'un siècle qui s'est plu aux ruines, comme les autres s'étaient plu à l'édification. On ne monte à la Sainte-Baume que par des degrés de pierre mutilés, entre des murs croûlants. La chambre des rois de France a disparu, et le pèlerin le plus humble trouve à peine un abri pour se reposer du chemin. L'hospice n'a conservé que les trous où s'appuyaient dans le roc les solives de la charpente. Le couvent, restauré à la hâte, n'offre aux religieux que des cellules séparées par des planches et qu'ils partagent avec l'étranger. Entre ces deux débris s'ouvre la grotte de la Pénitence, vide elle-même des ornements qu'elle devait à la piété séculaire des peuples et des princes. Les lampes splendides qui l'éclairaient n'y brillent plus que par cette éclatante absence dont parle Tacite. Des marbres sans gloire y forment la chapelle de la Sainte, et derrière son autel, sur cette roche mystérieuse où se pressaient ses veilles et ses extases, repose à demi-couchée une statue profane, indigne au premier chef de la majesté du lieu dont elle contriste tous les souvenirs.

« Si des hauteurs et des misères de la Sainte-Baume nous redescendons à Saint-Maximin par la route même que suivait la Sainte pour chercher son tombeau, nous retrouverons le même contraste de misère et de grandeur. La basilique est solennellement assise sur sa vieille terre; elle y commande encore l'admiration de l'artiste et les hommages des chrétiens ; mais inachevée dès son portique, elle nous mène avec regret vers cette crypte où Saint Maximin avait déposé dans l'albâtre le corps de Sainte Madeleine. L'albâtre existe encore; à côté de lui sont encore rangées les sépultures qu'une piété fervente avait ambitionnées et construites près de ce grand tombeau. Mais quel abandon! quelle nuit! quelle tristesse du cœur et des murs! Heureuses les catacombes qui n'ont pas eu de gloire, et qui dorment silencieuses dans un mystère qui ne fut jamais troublé! Ici, tout est plein de genoux qui se déployèrent sur les dalles; tout respire l'antiquité d'une vénération qui ne s'est jamais interrompue, et cependant c'est la pensée seule qui fait tous les frais de cette magnificence, et Dieu n'y apparaît que dans la lumière de l'âme. Un pauvre reliquaire de bois, donné par des paysans, couvre ce chef où le frère de Saint-Louis, Charles Ier d'Anjou, avait placé sa royale couronne de Sicile, et au pied duquel Anne de Bretagne, deux fois reine de France, s'était fait représenter à genoux et en or. Une main épiscopale, il est vrai, va couvrir ces traces d'un temps malheureux et rendre au front de Marie-Madeleine une partie de la splendeur qu'y avaient attachée les hommes et les siècles. Mais que de vestiges

douloureux à réparer après celui-là ! Que de misères à revêtir ! Que d'ombres à transfigurer !

« Oh ! qui que vous soyez qui lisez ces pages, si
jamais vous avez connu les larmes du repentir ou
celles de l'amour, ne refusez pas à Marie-Madeleine qui a tant pleuré et tant aimé, une goutte
de ce parfum dont elle embauma les pieds de votre Sauveur ! Ne délaissez pas la grotte où les Anges l'ont visitée ! Ne dédaignez pas cette tête qui
a survécu à tout le reste, parce que Dieu lui-même
l'a touchée de son doigt ! Apportez votre tribut, si
faible qu'il soit à la rénovation d'un des plus grands
et plus chers monuments de la chrétienté. Appor-
tez-y votre foi, vos cœurs, vos besoins, et qu'il
ne soit pas dit que la France, à qui Jésus-Christ
voulut confier dans Marie-Madeleine la garde du
repentir et de l'amour, ait été infidèle à cette
sainte mission. »

(Marie-Madeleine par le R. P. Lacordaire,
page 247 et suiv.)

Cet éloquent appel a été entendu. La France entière, la Provence surtout, et, dans la Provence,

la riche et généreuse Marseille, y ont répondu avec un louable empressement. L'œuvre de la restauration des Saints-Lieux de Provence est instituée. Espérons que le but où tendent ses glorieux efforts sera atteint; et que bientôt, les deux augustes sanctuaires sortis de leurs ruines auront recouvré toute leur ancienne splendeur.

FIN.

Marseille. —Imp. Vᵉ P. CHAUFFARD, rue des Feuillants, 20

ERRATUM.

Page 42, ligne 15, *au lieu de* voluptés, *lisez :* volupté.

242

www.ingramcontent.com/pod-product-compliance
Lightning Source LLC
Chambersburg PA
CBHW060443260626
47161CB00005B/2047